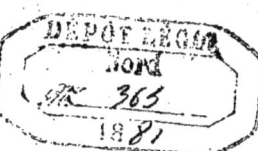

J. M. J.

—

ALLOCUTION

PRONONCÉE PAR

M. L'ABBÉ DEROUBAIX

Doyen de Notre-Dame à Douai

AU MARIAGE

DE

MONSIEUR HENRI DELILLE LOTURE

ET DE

MADEMOISELLE MARIE DRONSART

LE 24 AOUT 1881

⁓⁓⁓

DOUAI

L. DECHRISTÉ PÈRE, IMPRIMEUR BREVETÉ

—

1881

✝

ALLOCUTION

Mon cher Fils & ma chère Fille en J.-C.,

Il ne m'appartient pas de vous appeler de ce nom affectueux, mais vous m'y avez autorisé en me priant d'accepter près de vous, en ce jour solennel de votre vie, la place de celui qui est le père bien-aimé de cette paroisse.

C'est en son nom, en effet, et par délégation, que je viens recueillir vos serments et appeler sur votre union les bénédictions que l'Eglise seule peut donner.

Vous avez bien quelque droit, ma chère Fille, à réclamer mon ministère, puisque la piété filiale et de vives affections de famille vous rattachent à la paroisse de Notre-Dame, où vous viendrez bientôt dresser votre tente, près d'une aïeule bien-aimée, qui sera heureuse de votre bonheur. Le bonheur ! voilà bien ce que désire invinciblement le cœur de l'homme sur cette terre d'exil. Le bonheur ! voilà ce que se promettent deux jeunes fiancés en venant, tout radieux d'espérance, au pied des autels, pour fonder une nouvelle famille. Le bonheur, c'est le souhait que la foule sympathique murmure sur leur passage : c'est ce que demande la prière des amis et des parents émus et attendris qui forment autour de deux jeunes chrétiens comme une couronne d'honneur. L'honneur ! c'est la religion du soldat, qui fait palpiter son cœur généreux, et y allume la flamme du dévouement.

Ne l'avez-vous pas reçu, mon cher Fils, par le sang de ce général que vous comptez parmi vos ancêtres, et qui, après avoir affronté cent fois la mort pour la France, sur tous les champs de bataille, s'est éteint en chrétien près de votre berceau ? Et, près de ce bisaïeul, je rencontre une femme qui ajoutait à l'honneur militaire l'honneur de la magistrature.

— 3 —

Ces traditions, précieux héritage d'une famille, les leçons d'une mère tendrement aimée et l'éducation chrétienne de maîtres éminents, aujourd'hui proscrits, les ont gravées dans votre cœur vaillant.

Voilà le trésor que vous offrez en ce moment à celle que vous avez choisie entre mille pour être la reine de votre foyer.

J'en ai pour garants ceux qui vous font cortége à cette heure solennelle, vos chefs supérieurs, et, dans cette assistance d'élite, le gentilhomme dont le nom n'est pas inconnu dans notre cité, et qui déposait, il y a près de trente ans, sur la tombe du général Lahure, comme une couronne, l'hommage de son amitié et de son admiration.

Ne craignez pas, ma chère Fille, d'accepter la main du fiancé que la Providence vous a préparé. Déjà vous avez pu apprécier sa loyauté, sa droiture, sa délicatesse, en un mot les qualités d'esprit et de cœur dont je ne puis parler librement, parce que l'Esprit-Saint nous défend de louer l'homme pendant sa vie.

Et vous aussi, ma chère Fille, permettez-moi de le dire, au risque d'alarmer votre modestie, et vous aussi vous offrez à celui, qui va devenir votre chef et seigneur, l'honneur d'une vie que n'ont troublée ni les enchantements, ni les illusions des fêtes mondaines. Une piété simple et éclairée a ouvert votre cœur aux saintes affections de famille, à la douceur, à la bonté, à la patience, à l'abnégation de soi-même, qui n'exclut pas l'énergie du caractère : et si je regardais votre intelligence, j'y trouve-rais l'empreinte du maître éminent qui hono-rait la Faculté Catholique de Lille.

Cependant, c'est trop longtemps vous mettre à l'épreuve ; c'est trop justifier les félicitations et les souhaits que vous adressent à tous deux et la voix du sang, et la voix de l'amitié, et la voix de la reconnaissance.

Vous attendez autre chose de mon ministère sacré ; vous demandez que je vous fasse enten-dre la voix du Ciel, la voix de Dieu même. Vous n'ignorez pas, mon cher Fils et ma chère Fille, que Dieu seul est l'auteur, le législateur et le sanctificateur du mariage que vous allez contracter. Les formalités civiles ont leur uti-lité, au point de vue des intérêts temporels ; mais quiconque s'arrêterait là, ne formerait qu'une alliance sans valeur et coupable aux yeux de Dieu et de l'Eglise.

Si un peuple en venait à se contenter de faire enregistrer ses unions à l'Etat-Civil, que resterait-il de grand, de beau, de durable, de divin, de sacré, dans le mariage ? Détournons nos regards des ruines qu'un tel état de choses amènerait dans la famille et dans la société humaine. Arrêtons plutôt nos pensées sur le mariage chrétien que l'Eglise conserve depuis bientôt dix-neuf siècles, en dépit des passions et des prétentions des gouvernements.

Jésus-Christ, le restaurateur de toutes choses, l'a ramené à l'unité et à l'indissolubilité que Dieu lui avait données au commencement, en un mot, il lui a fait une constitution qui n'est point révisable : *L'homme quittera son père et sa mère, et il s'attachera à son épouse, et ils seront deux en une seule chair... Ce que Dieu a uni, que l'homme ne s'avise pas de le séparer !* Quelle énergie dans cette parole divine ! Mais il a fait plus. Dieu, à l'origine, avait laissé tomber de son cœur, sur le père et la mère du genre humain, une bénédiction qui ne fut détruite ni par la révolte de l'Eden, ni par les eaux du déluge, comme le dit l'Eglise : Jésus-Christ a élevé plus haut le mariage ; il en a fait un Sacrement ; et l'apôtre, en considérant cette œuvre divine, s'écrie : *Ce Sacre-*

ment est grand, je le dis dans le Christ et dans son *Eglise,* dont il est la vivante représentation.

De là tous les droits et tous les devoirs des époux.

Quelle dignité, quelle noblesse sur le front d'un jeune chrétien! Il est l'image du Christ. A lui l'autorité, la puissance du commandement dans la société domestique, comme au Christ dans son Eglise. A l'épouse aussi la royauté dans une égalité subordonnée. A tous deux des droits égaux à une affection réciproque qui ne doit point souffrir de partage. Et puis, des devoirs qui sont la garantie de ces droits sacrés. Avec l'apôtre, disons tout en un mot : aimez-vous l'un l'autre!

Aimer! c'est le chef-d'œuvre de l'homme, comme l'a dit admirablement Lacordaire. Dix mille mots précèdent celui-là, aucun autre ne vient après dans aucune langue.

Mais entendons bien de quelle sorte doivent s'aimer des époux chrétiens. Ecoutez, c'est l'apôtre qui vous l'enseigne au nom de Dieu : *Mari, aimez votre épouse, comme le Christ aime l'Eglise, son épouse : il s'est livré à la mort, pour la faire paraître devant lui toute*

*belle, sans tache et immaculée. Et puis, épouse,
aimez votre époux, comme l'Eglise aime le
Christ, son époux.*

Ne sentez-vous pas tout ce qu'il doit y avoir
de pur, de délicat, d'intime, de tendre, de généreux, de dévoué dans l'affection mutuelle
des époux ? Que nous sommes loin des amours
du roman et du théâtre! L'amour qui unit
deux âmes, deux vies, dans un mariage chrétien, vient de Dieu et remonte à Dieu ; il com-
mence sur la terre pour se perfectionner au
Ciel. Qui pourrait dire tout ce qu'il produit de
calme, de joie, de bonheur véritable, dans la
bonne comme dans la mauvaise fortune, par
la confiance réciproque, par le support mutuel,
par la mise en commun des biens et des maux
de cette vie? Le Sacrement que vous allez
recevoir a cette efficacité d'épurer, d'élever, de
sanctifier l'amour conjugal. J'en ai la confiance,
mon cher Fils et ma chère Fille, vos âmes sont
bien préparées à l'effusion des grâces de choix
que Dieu vous a réservées pour ce grand jour.
Le Ciel se joint à la terre pour les appeler sur
vos jeunes fronts. Les anges, qui ont veillé sur
votre berceau, sont en prière ; Joseph, le mo-
dèle des époux, vous regarde avec attendrisse-
ment, mon cher Fils, et vous couvre de sa pro-

tection ; Celle qui a été bénie entre toutes les femmes, dont vous avez reçu le nom au baptême, et dont vous êtes fière de vous appeler l'enfant, Marie s'incline vers vous et vous bénit, ma chère Fille. Jésus-Christ aussi va laisser tomber de son cœur, sur vous deux, une de ses meilleures bénédictions. Qu'elle soit, cette bénédiction divine, la lumière, la force, la douceur, le point d'appui de votre vie, qu'elle prolonge vos jours avec votre bonheur, et qu'elle soit l'aurore de la félicité éternelle que Dieu réserve aux époux chrétiens. Ainsi soit-il.

Douai.—L. Dechristé, imprimeur breveté, rue Jean-de-Bologne.

www.ingramcontent.com/pod-product-compliance
Lightning Source LLC
Chambersburg PA
CBHW072359190626
46811CB00020B/2330

DISCOURS

PRONONCÉS

DANS L'ACADÉMIE

FRANÇOISE,

Le Jeudi 9 Avril M. D C C. L X I.

A LA RECEPTION

DE M. DU COËTLOSQUET.

A PARIS, AU PALAIS,

Chez la V. BRUNET, Imprimeur de l'Académie Françoise.

M. D C C. L X I.